7th ANNIVERSARY

角落小夥伴

7 周年紀念BOOK

一路感情融洽、愉快歡樂生活著的

角落小夥伴們，一晃眼已經迎接7周年了。

從今以後，也請繼續支持。大家一起歡聚吧♪

最愛的角落小夥伴展開辦♪

慶祝角落小夥伴7周年的活動開始囉☆ 大家一起玩吧！

7周年紀念！

SUMIKKOGURASHI™
大家一起參加巴士之旅

巴士站
7周年
派對

最愛的角落小夥伴展
～一起加入角落小夥伴的巴士之旅～

「角落小夥伴」最愛的展覽活動『最愛的角落小夥伴展～一起加入角落小夥伴的巴士之旅～』開始囉！會場中充滿了只有這場活動才看得到的特別展示物及限定商品★
邀請家人、朋友一起加入巴士之旅的旅程吧！！

『最愛的角落小夥伴展
～一起加入角落小夥伴的巴士之旅～』
〔展期〕
2019年8月21日(三)～9月2日(一) 上午10點～下午8點
※進場時間至每日活動結束前30分鐘為止。
※活動最終日開放時間至下午5點。
〔會場〕
Abenoharukas近鐵本店 Wing館4樓 第2展示館
〔入場票價（含稅）〕
全票500日幣 大學・高中生300日幣 國中生以下免費
客服專線 ☎ 06-6624-1111

在此介紹
部分限定商品♪

角落小夥伴
×SAKUMA水果糖
500日幣

壓克力鑰匙圈
600日幣

人氣胸章登場♪
扭到壓克力真的超幸運！

胸章系列
（一般材質7種、壓克力2種）
※扭蛋機販售中

200日幣
（含稅）

收納小包
（碎花款）
1300日幣

最愛的
手帕
各1100日幣

壓克力鑰匙圈 各320日幣

馬克杯
各1280日幣

明信片
各150日幣

掌心絨毛布偶組　各1852日幣

白熊&咖啡廳

企鵝？&山

炸豬排&警察

貓&草莓屋

蜥蜴&塔

本書獨家專屬贈品：蜥蜴&
預購限量4款套組

掌心絨毛布偶
（舞台版♪）

送給為我們加油的各位
滿滿7周年的謝意
角落小夥伴們換上舞台裝，拿起麥克風……
讓偶像也瘋狂的角落偶像誕生了!?

本書獨家
專屬贈品

預購限定的禮盒上
讓角落小夥伴排排站
立刻變成華麗舞台★

本書獨家專屬贈品

掌心絨毛布偶

（舞台版♪蜥蜴）與

預購限定的

掌心絨毛布偶4款套組

（舞台版♪

白熊、企鵝?、

炸豬排、貓）

全員組合樂趣多！

預購限定！

日本原裝進口國際中文版套組預購即將完售♪

[角落小夥伴的好朋友們]

7年來，許許多多角落小夥伴陸續登場了♪

裹布（橫條紋）
企鵝的行李。
裝滿了許多各地土產與回憶。

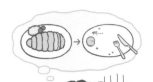

企鵝？
對自己是不是企鵝？沒有自信。
以前頭上好像有一個盤子…最愛
吃小黃瓜。

企鵝（真正的）
白熊居住在北方時認識的
朋友。
來自遙遠的南方，正在世
界各地旅行。

吃剩食物雙人組

炸豬排
炸豬排的邊邊。瘦肉1%，脂肪99%。
因為太油膩，而被吃剩下來…。

常常為了搶奪角落
而打架

白熊
自北方逃跑而來，怕冷又害羞
的熊。在角落喝杯熱茶是讓他
最安心的時刻。

裹布
白熊的行李。
常被用來在角落占位子或
寒冷時使用。

重要

生薑&芥末
被吃剩留在盤子一角的
生薑與芥末。

炸竹筴魚尾巴
因為太硬，而吃剩下來。
認為被吃剩真是太幸運了
個性十分積極。

炸蝦尾
因為太硬，而吃剩下來。
與炸豬排是心靈相通的好朋友。

粉圓
奶茶先被喝光
因為不好吸
而被留下來。

黑色粉圓
比一般的粉圓
個性更彆扭。

海洋小夥伴們
聚集在海洋角落的
好朋友們。

海鷗

海星

小丑魚

河豚

海星？

水母

海龜

感情融洽

山
憧憬富士山的
小山。

沙丘
憧憬金字塔的
小沙丘。

飛塵
常常群聚在角落。
樂天派的一群。
數量眾多。

棉花
只會塞進絨毛布偶裡的
重要的特別棉花。

夾子
會將角落小夥伴從角落夾出，
不知從哪兒來，謎樣的敵人??

感情融洽

角落神
角落的神。
總是在某處守護著角落小夥伴。

積極
雙人組♪

雜草
擁有一個夢想，希望有一天被憧
憬的花店做成花束。

感情融洽

麻雀
普通的麻雀。對炸豬排很感興
趣，常來偷啄一口。

貓頭鷹
雖然是夜行性動物，但為了可以
常常見到好朋友麻雀，努力在白
天保持清醒。

蜥蜴的母親

隱藏祕密
夥伴

理想身型

喜歡
魚

偽蝸牛
憧憬蝸牛，所以背上殼偽裝
成蝸牛。但是角落小夥伴們
都已經知道他是蛞蝓。

貓
害羞，在意身型。
個性怯懦，
常常主動讓出角落。

蜥蜴
其實是倖存的恐龍。
擔心被追捕而假扮成蜥蜴。
對大家隱瞞著真相。
知道這個祕密的只有偽蝸牛。

森林裡的
好朋友

相似物夥伴

兄弟姊妹

蘑菇
在意自己的小蕈
傘，所以戴著大
蕈傘。

**貓的兄弟姐妹
（小灰）**
好奇心極旺盛，並且充
滿活力。

**貓的兄弟姐妹
（小虎）**
總是一臉愛睏的模樣，
悠哉度日。

蜥蜴（真正的）
蜥蜴的朋友。居住在森林裡的真蜥
蜴。不拘泥小事，個性樂天。

感情融洽

鼴鼠
住在地底的角落。因為上頭
太喧鬧，心生好奇而到地面
上來一探究竟。

幽靈
居住在閣樓的角落。
喜歡打掃。

在店裡
打工

咖啡豆老闆
角落咖啡廳的老闆。
沉默寡言。

兩家店
就在附近
感情融洽

麵包店店長
角落麵包坊的店
長。愛說話。

銘謝惠顧冰棒棍
冰棒棍。憧憬再來一
根冰棒棍。

橫溝由里 老師
特別專訪

特別邀請喜迎7周年的「角落小夥伴」的作者——橫溝由里老師
關於角落小夥伴、7周年紀念書及角落小夥伴電影版等的問題，
一一來請教老師吧。

角落小夥伴7周年了！
恭喜老師！

「謝謝！轉眼之間就7周年了。迎接5周年時，慶賀活動一個接著一個，我以為不會再比那時更熱鬧了，**沒想到7周年有過之而無不及，活動越來越多！** 托大家的福，每一天都很愉快。」

關於7周年紀念BOOK

「贈品①掌心絨毛布偶，最初設定每個成員都穿著一樣的彩虹裙，後來想想，如果每人都穿不一樣的顏色的話，**呈現一個團體的感覺也很可愛**，就調整成不同色的裙子了。贈品②造型卡片，雖然站上舞台唱歌跳舞，應該很不拿手，但是躲在舞台側幕一角發抖的話，又缺乏祝賀氣氛，只好請角落小夥伴們加油，勇敢站上舞台！（笑）卡片設計了特別造型，加入角落小小夥伴們與氣球，應該會讓大家覺得很可愛吧。」

橫溝由里老師創作的
造型卡片在設計階段的線圖
就可愛得不得了♡

登上舞台很興奮!?

「一開始站上沒有角落的舞台，雖然心驚膽顫、慌張不安，但是企鵝？愛好音樂，所以十分興奮。炸豬排也不是太害羞的個性，看起來也很平靜。最害羞的貓在舞台上唱歌，好像讓他害羞得冷汗直流。怕生的白熊，我彷彿能聽見他慶幸自己能站在隊伍後排。蜥蜴被編輯選上，成為本書贈品，所以站上中央主位，但是壓力太大正發著抖呢。對我而言，**能幫角落小夥伴穿上色彩繽紛的服裝，真的非常開心！**」

幻想中的蜥蜴
（彩虹裙版本）
仔細一看，連髮飾也不一樣呢！

印象特別深刻的主題

「試作階段的各種挫折，全都讓我印象十分深刻，但挫折之外，就屬『蜥蜴與母親』主題了。當時雖然是第一次嘗試長篇故事的設計主題，但是廣受好評，讓我真的印象深刻。因為『蜥蜴與母親』這個主題很成功，所以成為未來發展更多故事性主題的契機。」

2016年5月發表了蜥蜴與思思念念的母親重逢的「蜥蜴與母親」主題。

這是角落小夥伴衍生出故事性主題的重要關鍵起點。

角落小夥伴決定推出電影！

「老實說，要推出電影版這件事，一開始我自己心想這真的能成功嗎？**開心20%，不安80%**（笑）。決定執行這個企畫，對外公開時，得知喜愛角落小夥伴的大家，跟我有著相同的反應，反而讓我鬆了一口氣（笑）。因為我一直以為只有自己心裡感到不安。」

這會是一部怎樣的電影呢？

「一開始想讓大家更加認識角落小夥伴，介紹他們的世界觀、每個人的個性。以此為基礎，從發想的許多故事主題中選定一個主題。這個主題一直希望有一天能把它畫出來，但是因為在商品開發上比較不好發揮……所以現在有這麼棒的機會，可以和大家見面，真的非常開心。所有工作人員來回討論了無數次，測試時看到會動的角落小夥伴時，真的覺得好可愛，**角落小組全體成員都超級興奮的！**加上了背景，看起來真是太美了。每一位電影工作人員，都很認真的對待角落小夥伴們的電影，真的非常感謝。所以現在我完全沒有一絲不安，全心相信這一定是一部很棒的電影。現在的我十分期待成品，**期待度100%★** 請大家也一起期待吧！」

未來的角落小夥伴

「無論是與角落小夥伴相伴，度過了年時光的你，或是最近才認識、喜歡上角落小夥伴的你，在此都獻上謝意，謝謝你與角落小夥伴相遇。這了年來，角落小夥伴的世界越來越大、越來越廣，感謝有你，陪我一起守護角落小夥伴們。**讓我們一起將角落小夥伴好朋友的圈圈繼續擴大吧！**」

「劇場版角落小夥伴與祕密小夥伴的繪本歷險記」情報♪

在電影中登場的新角色？敬請期待★

台灣即將在2020年上映

角落小夥伴們決定登上大螢幕了！
電影限定原創故事，讓大家一窺角落小夥伴全新的面貌★

映画 すみっコぐらし™
とびだす絵本とひみつのコ

きみも、すみっコ？

11.8 FRI

原作：サンエックス 監督：まんきゅう 脚本：角田貴志（ヨーロッパ企画） 音楽：羽深由理 アニメーション製作：ファンワークス 配給：アスミック・エース

sumikkogurashi-movie.com

(上)劇場版角落小夥伴 與祕密小夥伴的繪本歷險記(暫譯)
(下)你也是角落小夥伴嗎？

·STORY·

一天午後，來到喜愛的咖啡廳
「角落咖啡廳」的角落小夥伴們。
正餓著肚子，等待劇剛點的餐點時，
突然，地下室傳來一陣聲響。
「地下室的角落裡有人在嗎・・・？」
大家一起去一探究竟，
那兒出現了一本立體畫繪本。
非常破舊，書頁上重要的部分都不見了。
只有桃太郎的故事頁面上還有背景，
老爺爺、老奶奶都不見了。
突然之間，一個巨大的陰影出現，
炸蝦尾被吸進繪本裡！
角落小夥伴們掉進去的故事世界，裡頭有・・・
新的角落小夥伴？

日本上映時間為
2019年11月8日

導演與編劇捎來了訊息★

導演：萬九老師

我在動畫業界，就有如「角落小夥伴」一般，
有幸擔任此次電影導演，感覺非常有緣。希望
將「角落小夥伴」們的魅力傳達給原作的粉絲
們，同時也能讓更多人了解，全體工作人員每
天都和「角落小夥伴」努力工作著。敬請期待
電影上映日！

編劇：角田貴志(歐洲企畫)老師

角落小夥伴們要製作電影？
一開始有些擔心，但是大家一起從頭開
始創作，這是一場超越想像的冒險……
不，是大冒險。一起期待一樣，又有點
不一樣的角落小夥伴吧。

官方網站
http://sumikkogurashi-movie.com

官方Twitter
@sumikko_movie

搖搖糖霜餅乾♡

可愛的餅乾最適合派對了★動手做喜歡的角落小夥伴吧♪

材料（5組）

【餅乾麵糰】
奶油（無鹽）……60g
赤砂（二號砂糖）……40g
鹽……少許
蛋……23g（約1/2個）
低筋麵粉……130g
香草精……少許

【糖霜】
糖粉……200g
蛋白粉……5g
水……25ml
可可粉……少許
食用色素（黃、綠、藍、紅、橘）
　　　　　……各少許

【其他裝飾】
巴拉金糖……100g
糖果粒……各少許

基底餅乾作法

❶ 將預先放在室溫回軟的奶油放進碗裡，使用打蛋器打至奶霜狀，加入二號砂糖及鹽，繼續打至泛白狀態。

❷ 打散的雞蛋和香草精，分數次加入。

❸ 低筋麵粉過篩後加入，使用刮刀以切拌的方式攪拌。包上保鮮膜，放進冰箱冷藏1小時以上（盡可能半天）。

❹ 將❸麵團放在烘焙紙上，蓋上保鮮膜，用擀麵棍將麵團桿平至約4mm厚。麵團與烘焙紙連同烤盤，一起放進冰箱（夏天請放冷凍庫）約30分鐘冷藏。

❺ 麵團除去保鮮膜，放上餅乾紙型（請見封面裡★），每個紙型各切兩片，在想放進搖搖糖果窗戶的部位切出一個圓。

❻ 烘焙紙放上烤盤，放進預熱170的烤箱烤約15分鐘，就完成基底餅乾的製作了！

糖霜作法

❶ 蛋白粉與糖粉充分混合。

❷ 取出約一半的❶加入材料中的水，使用大湯匙攪拌。

❸ 拌勻後，加入剩下的❶，持續攪拌至出現光澤感，就完成了比較硬的糖霜！

★ 如果要製作較軟的糖霜，可逐次加水，調整硬度。

★ 調色時，請取適量麵團，加入食用色素或可可粉拌勻。

★ 放進擠花袋，在基底餅乾上畫出糖霜。

組合

❶ 相同形狀的餅乾2個1組，其中一個擠上糖霜，靜置自然乾燥。

❷ 巴拉金糖放進耐熱容器，放進600w的微波爐，每次加熱1分鐘，至全部溶化，靜置一會兒至表面泡泡消失。

❸ 錫箔紙鋪平，放上所有的餅乾，在搖搖糖果窗戶的部位，倒入❷。（小心不要燙傷！）

❹ 靜置30分鐘至完全冷卻後，移出錫箔紙。

❺ 表面沒擠糖霜的那塊餅乾，依個人喜好放上糖粒。

❻ 在餅乾的邊邊擠上糖霜，放上另一塊餅乾，靜置自然乾燥，就會黏合，完成了搖搖糖霜餅乾！

★ 糖果容易因濕氣沾黏，如不馬上食用，保存時請放入乾燥劑。

製作・食譜／石川智佳子

#角落小夥伴7周年大挑戰

在Twitter及IG上募集
「最希望角落小夥伴挑戰的事」。
從眾～多的投稿中,
角落小夥伴挑選出7件事,完成挑戰!

想看看企鵝?為了希望
大家也能愛上小黃瓜,精心製作了
各式各樣小黃瓜料理。

#角落小夥伴7周年大挑戰

魚鑲小黃瓜   熱小黃瓜   炸小黃瓜

想看看更多
不同口味的飯糰

#角落小夥伴7周年大挑戰

請慢用

鮪魚   鮭魚   醬汁   小黃瓜

我要開～動了

想看角落小夥伴們的鬼臉!

#角落小夥伴7周年大挑戰

噗嗤

想看

貓挑戰瑜珈抗力球！

#角落小夥伴7周年大挑戰

想看

彩色繽紛的炸豬排

#角落小夥伴7周年大挑戰

想看蜥蜴和蜥蜴(真正的)

變成花店老闆，

分送花束給大家的樣子～°♦+❊

#角落小夥伴7周年大挑戰

想看角落小夥伴們

大家一起

排成7周年的7 ^ _ ^

#角落小夥伴7周年大挑戰

謝謝大家的投稿，真的非常感謝各位♥

角落小夥伴圖書館 ～天空藍的每一天～

剛剛完成的《繪本 角落小夥伴 天空藍的每一天》
橫溝由里老師在此特別與您分享新書資訊♪
同時收錄製作時的珍貴草圖。

大家所不知道的
關於角落小夥伴們的5個故事。
雖然有時令人感到沮喪…
但是只要大家在一起就沒事啦。

『繪本 角落小夥伴
天空藍的每一天』

作者：橫溝由里
(中文版預計2020年發行上市)

好評發售中

『角落生物的生活
這裡讓人好安心』

定價：250元
布克文化

『角落小夥伴的生活
一直這樣就好』

定價：280元
布克文化

📖 繪本的製作小祕辛

「繪本問世前，出版了2本以四格漫畫為主的書，但是製作四格漫畫需要耗費許多時間，所以遲遲無法推出下一本續集，因此開始思考起嘗試其他風格的書籍的可能性。要選擇哪一種種類的書籍呢？想想不如選擇繪本吧。製作過程與四格漫畫完全不同呢。四格漫畫感覺是一段一段個別完成的故事，而繪本則需要將5個主題整合為一的工序。還有，將角落小夥伴相遇的過程再次重現，將相關的畫面融入故事之中。」

📖 大家的迴響

「收到的問卷或來信中，粉絲欣喜的告訴我：他們很高興出現了熟悉的設計主題、終於知道貓為什麼討厭蜜柑、白熊為什麼很擅長畫畫等等。對於大家連細微之處都一一留意到，感到十分感動。無論是哪一個小片段，只要能觸動粉絲的心，都令人非常開心。除此之外，製作繪本之時，也心繫著已經認識角落小夥伴的大家，想將繪本美好的呈獻給大家，所以繪製時格外用心，當知道大家都很喜歡這本繪本時，心中感到無限歡喜。」

橫溝由里老師
送給角落小夥伴的留言。

給白熊

雖然怕冷，但是雙手卻很靈巧的白熊。
會為大家做飯，親手做布偶…
託白熊的福，大家都能暖呼呼的。
以後也要繼續讓自己和大家
都一直暖呼呼的喔。

給企鵝？

探索欲望強烈的企鵝？。
誘發大夥兒行動的契機
常常來自於企鵝？。
請繼續用行動力引領大家吧！
雖然努力不懈尋找自我很了不起，
但是也請量力而為喔。

給炸豬排

認真努力派的炸豬排。
雖然也會有意志消沉的時候，
但是永不放棄讓自己有機會被吃掉的身影
總是帶給大家滿滿勇氣。
今後也請和炸蝦尾
繼續當好朋友喔。

📖 互相連結的故事

「這也是第一次與周邊商品的設計主題連動。例如：白熊的故事連動推出『白熊的掌心絨毛布偶』貓的故事連動推出『貓遇見貓的兄弟姊妹』。5周年時推出的《角落小夥伴FanBook 滿滿都是貓號》中的專訪裡，曾提到有一天會揭曉貓的過去，但是一直沒機會畫，如果是繪本，就能好好說一說這個故事，現在終於有機會公開祕密，真是太好了。角落小夥伴總是很重視故事與故事間的連結、其他的故事之間，或許在某處有其他的連結也不一定喔……♪」

📖 繪本中最喜歡的部分

「這次因為以『天空』作為主題，所以花了許多功夫描繪各式各樣的天空。畫著畫著，就喜歡上了『天空色的每一天』這個句子。看完書後，發現句子不只是自己心之所屬，也恰好符合繪本含意，而以此為書名。還有，我希望可以和書中最後那句話聯結。如果讀者能發現天空色其實有著各種不同的顏色，就太令人開心了。」

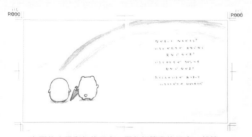

在雨後出現彩虹的天空。用色鉛筆畫的天空，就算只是草圖，看起來也很舒服。
取自「企鵝？的故事」

在繪製大幅草圖前，橫溝由里老師會先畫一份約3公分大小的草圖，反覆思考故事結構及順序。小草圖分門別類收藏在資料夾裡，保管得好好的。

給貓

非常溫柔的貓。
雖然很在意大家，
但那也是因為很珍惜大家的緣故吧。
今後也請繼續享用美食，
幸福的渡過每一天吧。不要吃太多喔。

給蜥蜴

既心繫母親，又在意朋友想法的蜥蜴。
不需要那麼在意說謊這件事。
無論森林或角落，
都結交了許多好朋友，
母親一定很放心。
吃條魚，身體健康的生活吧。

給大家

7年來，發生了許許多多
快樂的事、麻煩的事呢。
今後也會發生許多事，
不管是不是在角落發生，
大家都要一起融洽相處喔。
我們將守護著大家快樂的成長
請大家繼續支持。

蓬蓬鬆鬆的全新主題

角落小夥伴麵包教室

角落小夥伴們在麵包教室一起做麵包♪
麵包店店長教導大家如何做麵包。大家能順利做出可愛有美味的麵包嗎？

①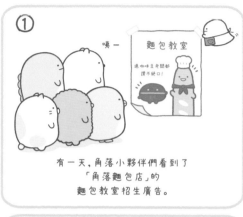

有一天，角落小夥伴們看到了
「角落麵包店」的
麵包教室招生廣告。

②

「角落麵包店」就在
「角落咖啡廳」附近。
他家的麵包連咖啡豆老闆都讚不絕口。
麵包教室是由麵包店店長親自教學。

咖啡豆老闆　　麵包店店長

③

角落小夥伴們十分感興趣
一同前往麵包店一探究竟。

麻煩您了　　　　　彼此彼此

④

角落小夥伴們第一次動手做麵包，有些手忙腳亂。

⑤

每個人都烤出自己喜歡的麵包
全員盡歡的「角落麵包教室」♪

⑥

謝謝

給你

剛烤好的麵包
也分送給
好朋友們。

裹布麵包

 幽靈麵包

 麻雀麵包

 貓頭鷹麵包

 炸竹夾魚尾麵包

 最喜歡吐司

 最喜歡菠蘿麵包

 粉圓麵包

麵包店店長

「角落麵包屋」店長。做麵包時，表情嚴肅。
和咖啡豆老闆是好朋友，愛説話。

～麵包店店長的過去～

其實是賣剩
變得乾乾的
法國麵包。
為了將麵包的美味
傳達給大家
創立了「角落麵包屋」。

～麵包店店長的秘密～

乾裂

為了不要
因為乾燥
而產生乾裂
會泡牛奶浴。

MILK

想被夾到長麵包裡

 紅豆麵包

 可頌麵包

 偽蝸牛麵包

 水怪麵包

最喜歡小魚形狀的麵包

 白麵包

＼ 就像真的麵包一樣Q彈♡ ／

Q彈麵包屋 絨毛布偶　　各780日幣

＼ 有許多不同組合的玩法♪ ／

配料麵包
絨毛布偶組
3800日幣

[套組內容物]
●配料（炸豬排）　　●掌心絨毛布偶（炸蝦尾）
●炸竹筴魚尾巴（原來的模樣）
●配料（荷包蛋）、吐司、吐司（被子）

可以放進1隻
掌心
絨毛布偶喔♪

掌心絨毛布偶
吐司造型小屋
1200日幣
※未附贈掌心絨毛布偶

背面

掌心絨毛布偶
麵包店店長
650日幣

造型
便條紙
各380日幣

還有很多可愛的周邊商品★　請上San-X網路商店採購喔♪

製造商　均為San-X

簡單手作 ♪
手工藝專欄

為您介紹最適合掌心絨毛布偶的配件
及製作方法★
剪剪貼貼又黏一黏，
一起動手做出各式各樣的原創作品吧！

Let's Dancing...?

SUMIKKO POP STAR☆

Happy party!

偶像☆運動服

一起動手做角落小夥伴們練習唱歌跳舞時穿著的運動服！

要準備的材料

●布（14cm×2cm）　●拉鍊（15.5cm以上）
●5mm寬的雙面膠帶　●布用膠　●剪刀　●夾子　●尺

製作方法　　※單位：cm　※除雙面膠帶外，其他貼合皆使用布用膠

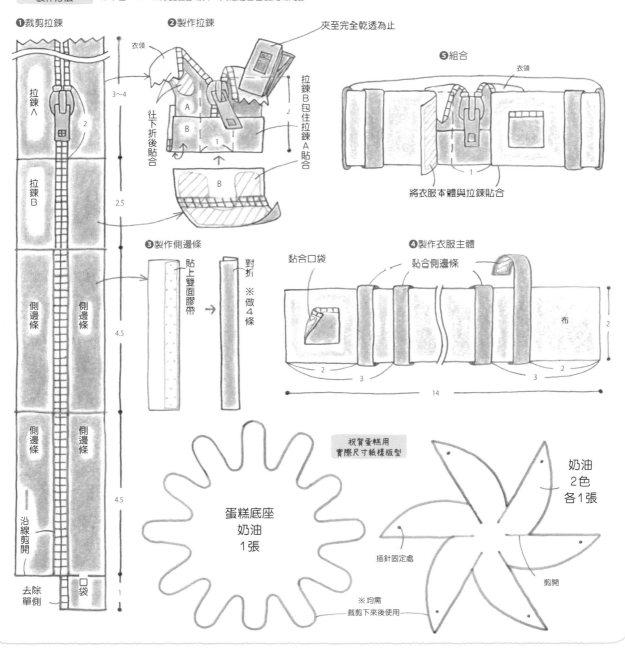

❶裁剪拉鍊

拉鍊A
2
拉鍊B
側邊條
側邊條
側邊條
側邊條
沿線剪開
去除單側
口袋

3～4
2.5
4.5
4.5
1

❷製作拉鍊

衣領
往下折後貼合
A
B
1
夾至完全乾透為止
拉鍊B包住拉鍊A貼合
B

❸製作側邊條

貼上雙面膠帶
對折
※做4條

❹製作衣服主體

黏合口袋
黏合側邊條
布
2
2
3
2
3
14

❺組合

衣領
1
將衣服本體與拉鍊貼合

祝賀蛋糕用
實際尺寸紙樣版型

蛋糕底座
奶油
1張

插針固定處

奶油
2色
各1張

剪開

※均需
裁剪下來後使用

item 2　祝賀蛋糕

派對絕對不能缺少的蛋糕。
來吧！想做什麼樣的蛋糕呢？

布料、珠珠
選擇自己喜歡的顏色
就OK！

要準備的材料

- ●布2色（各16cm×10cm） ●寶特瓶瓶蓋 ●雙面膠帶
- ●布用膠 ●珠珠等喜歡的配件 ●剪刀 ●尺
- ●鉛筆 ●線 ●針 ●橡皮筋

製作方法

※單位：cm
※除雙面膠帶外，其他貼合皆使用布用膠

❶裁剪布料
・瓶蓋上放上一片、側面一片
・沿上一頁的紙樣版型，
　蛋糕底座1張與奶油2色各1張

**❷製作
蛋糕底座**

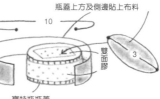

瓶蓋上方及側邊貼上布料

10

1.5

雙面膠

3

寶特瓶瓶蓋

❸製作奶油

布料（白色）放在下方

布料（他色）放在上方

兩色布穿插交疊

由上方下針

下方出針

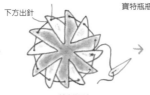

縫製奶油

在奶油下方收針整型

❹組合

黏上
奶油

黏上個人喜愛的配件

膠水完全乾之前
先以橡皮筋固定

---

item 3　小緞帶結

為了慶祝7周年
做一個更可～愛的、更繽紛的緞帶吧！

布料、珠珠
選擇自己喜歡的顏色
就OK！

要準備的材料

- ●布4色（7cm×4cm） ●珠珠等喜歡的配件
- ●牙籤 ●布用膠 ●剪刀 ●紙膠帶 ●鉛筆

製作方法

※單位：cm

❶裁剪布料
沿著紙樣版型，裁剪大、中、小、數字等各1張

❷製作手把

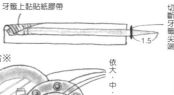

牙籤上黏貼紙膠帶

切斷牙籤尖端

1.5

實際尺寸紙樣版型

※個別剪開

大・中・小・數字各一張

❸製作緞帶結的底座

大

牙籤
手工切除處

插入手把

在中間點切出切口

❹組合※

依大・中・小・數字・二貼上

黏上個人喜愛的配件

製作・程序／山森加代

item 4 應援扇

拿起大大的團扇
一起大力為最愛的偶像加油吧★

要準備的材料

●剪刀　●膠水

製作方法

❶沿著團扇的●色的線裁剪。
❷使用膠水將背面的★與☆貼合，就完成了！

把想加油的對象
寫上去吧！

item 5 轉轉霓虹燈

裝上霓虹燈
讓舞台更繽紛♪

要準備的材料

●剪刀　●膠水

製作方法

❶沿霓虹燈的●色的線裁剪。
❷沿背面的箭頭方向，把紙捲起來。
❸使用膠水將★與☆貼合，就完成了！

Shirokuma ★

Penguin? ★

Tonkatsu ★

Neko ★

Tokage ★

Love Sumikko!

item 4 應援扇（內側）

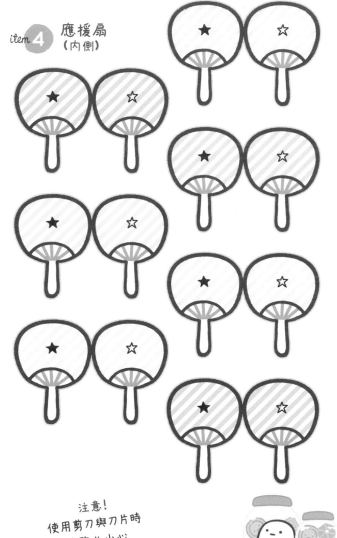

item 5 轉轉霓虹燈（內側）

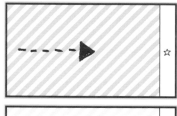

注意！
使用剪刀與刀片時
請務必小心
千萬不要受傷了。

不想直接剪書的話
可以先影印後，兩面貼合使用。

Nintendo Switch™遊戲最新作品♪

一起創造角落小夥伴們
能夠樂在其中的學校！

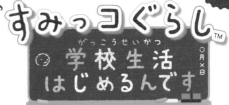
すみっコぐらし™
学校生活
はじめるんです

想要度過快樂的學校生活
為角落小夥伴們
創造理想中的學校！

目標是創造最棒的學校生活！

散步中的角落小夥伴們，偶然撿到了文具、書和坑具。
試試學校生活吧…想著想著，就開始了學校生活。

在基本設定的校舍中
加入更多的設備與設施，讓學校更完備…評價就會更高！

「評價」越高
朋友就會越多喔♪

迷你小遊戲共 8 種！

同一時間，最多可4個人一起玩♪

籃球社	排球社
廚藝社	天文社
啦啦隊	足球社
管樂團	回家社

建築物&道具共 110 種！

服裝共 186 種！

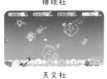

換上不同服裝後，
身分也會跟著改變喔★

Nintendo Switch™
「角落小夥伴 開始學校生活」

定價：5800日幣
發行商：日本哥倫比亞(NIPPON COLUMBIA)
玩家人數：1人～4人

Nintendo Switch商標屬於任天堂。

為您獻上最新資訊！

角落小夥伴 HOT NEWS♪

角落好友大募集！
「角落小夥伴粉絲 俱樂部」
開張了★

讓你愛上所有關於角落小夥伴們的大小事
「角落小夥伴粉絲俱樂部」開張了！
一定要有的會員證、資訊、最新插圖等滿滿的角落小夥伴會報（一年一次）、
粉絲俱樂部會員獨享的限定商品等等，
滿〜滿的魅力都是會員限定內容喔♪

會員證上
還有會員編號！

角落小夥伴
粉絲俱樂部
原創設計
是有會員編號的
特別會員證！

Sumikko
gurashi™
FAN CLUB
日本すみっこぐらし協会
©SAN-X
No.0000000

入會紀念商品
在此！

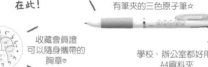

1隻筆超便利
有筆夾的三色原子筆☆

收藏會員證
可以隨身攜帶的
胸章♡

學校、辦公室都好用♪
A4資料夾

角落小夥伴粉絲俱樂部官方網站，詳情如下：https://sumikkogurashi.jp/signup！

※上圖為示意圖。發行商保留修改權利。

鼓笛隊造型的
角落小夥伴抱一個♥

可愛的遊樂場景品，在大家熟悉通路即將推出
鼓笛隊造型的角落小夥伴們囉☆
胸前的粉圓胸章是重點♪

「角落小夥伴
鼓笛隊風
絨毛布偶」
預計9月登場

／重點★

可愛的場景
「在房間的角落旅行
-Travel Terrarium-」

Re-ment推出了角落小夥伴旅行場景的可愛瓶中造景，全新登場！
放在房間裡，隨時都好像在旅行一樣♪

共6款 各800日幣 預計10月發售

花田（貓）

街道的
角落
（蜥蜴）

剩物二人組
美食之旅
（炸豬排）

南方好溫暖
好幸福〜（白熊）

閃閃發亮的
雪景
（蜥蜴）

尋找自我
（企鵝？）

到「2019 恐龍博物館」看角落小夥伴玩聯名變裝！

萬眾矚目的活動「2019恐龍博物館」，推出角落小夥伴聯名企劃♪
扮成恐龍模樣的角落小夥伴，出現在恐龍博物館。可愛模樣超適合聯名商品與紀念品呀★

PVC 資料夾
600日幣

背面★

透明資料夾
600日幣

すみっこぐらし。恐竜博 2019

胸章
600日幣

便條紙
各350日幣

恐龍博物館是什麼地方？
1969年以來50年的恐龍學發展，歷史與現在，及近期未來的展望，恐龍研究的最新成果展示。全世界・全日本首次公布的珍貴化石真品及全身還原骨骼展示！

『2019恐龍博物館　The Dinosaur Expo 2019』
（期間）～10月14日（星期一・國定假日）
（地點）國立科學博物館（東京・上野公園）
（營業時間）上午9點～下午5點（星期五・六營業至下午8點）
※入場時間最晚至閉館時間前30分鐘
※因故，開館時間及休館日等可能異動。
（休館日）9月2日（一）、9日（一）、17日（二）、24日（二）、30日（一）
[門票]普通・大學生1600日幣、小・中・高中生600日幣
※學齡前兒童、持殘障手冊者及其照顧者（限一名）免費入場

※聯名商品均為限量商品，售完為止。

「配角角落小夥伴選手權」 大～家一起戴上閃亮亮王冠☆

為紀念7周年，角落小夥伴shop全店舉辦「配角角落小夥伴選手權」。
得票前7名的角色將陸續商品化♡

數量限定 掌心絨毛布偶

全員皆戴上閃亮亮王冠☆

第7名

第6名

第5名

炸竹筴魚尾
★好評發售中★

裹布
★好評發售中★

飛塵
2019年9月14日發售★
1200日幣

販售門市：角落小夥伴shop全店
※發售日當日，每人限購一件。
★門市恕不接受事先預約。
★商品可能售罄，如在意者請事先來電詢問。

第1名　第2名　第3名　第4名

依1～4順序發售！詳情請見San-X網路商店★

製造商／San-X

角落小夥伴麵包教室主題 一番籤登場♪

一番くじ
Ichiban KUJI

抱著麵包的可愛絨毛布偶、麵包形狀的迷你小碟、擦手巾、馬手扇等等，超多可愛的食用雜貨！

A賞

B賞

Last one賞

白熊與裹布麵包
絨毛布偶

蜥蜴與雜草麵包
絨毛布偶

企鵝?推薦的
菠蘿麵包絨毛布偶

C賞
牛奶瓶
馬克杯組

F賞 擦手巾

D賞　軟綿綿小布包

G賞
角落小夥伴麵包
迷你小碟

E賞
香香護手霜

『一番籤 角落小夥伴
角落小夥伴麵包教室』
好評發售中♪　定價：1次602日幣（未稅）
合作店鋪：日本全家便利商店限定
※部分門市供貨狀況或發售日期可能異動。
※獎品抽完為止。

※「一番籤」及「Last one」為登錄商標　製造商／BANDAI SPIRITS

來看看
角落小夥伴系列
中文版書籍吧！

熱門必讀

**角落生物的生活
這裡讓人好安心**
定價：250元

**角落小夥伴的生活
一直這樣就好**
定價：280元

**角落小夥伴的生活之
角落小夥伴名言**
定價：250元

**角落小夥伴的生活之
角落小夥伴名言2**
定價：280元

**角落小夥伴檢定官方指定用書
角落小夥伴大圖鑑**
定價：399元

敬請期待

角落小夥伴 專注力遊戲書系列

這裡讓人好安心篇
定價：300元

這裡也有角落小夥伴篇
定價：300元

無所不在的角落小夥伴篇
定價：300元

這裡那裡都是角落小夥伴篇
定價：300元

一起找找角落小夥伴
定價：300元

角落小夥伴繪本

**角落小夥伴
天空藍的每一天**